JN182378

歌集

霧のチブサン

富田豊子

角川書店

昭和 62 年秋

霧のチブサン　目次

I

装幀　南　一夫

歌集　霧のチブサン

富田豊子

I

雪に近づく

虹見れば千々に思はる秋の日の海峡越えてゆきたりし恋

明日香とふ涼夏とふ児が世話をする白兎の耳のくれなゐほのか

若草の布にて抱けば白うさぎ　杏か胎動のごと蹴り上ぐ

時雨降り霧のまほろば野菊咲き大観峰は雪に近づく

放牧の馬の幻影美しく霧に現はれ霧に消えゆく

散りぬべき時知る秋の白さうびいく重かさねて花びらは反る

そこの人「手湯」に浸せと路すぢの緋鶏頭らが並びて誘ふ

柚酒にて酔ふも囃さず戯れに山の神とぞ呼ぶ人もなし

カルデラの闇の器に覚めてをり貧しく切なき戦中生まれ

風塵は草木しづめて聚落の灯は結晶のごとく光れり

天地はや夜闇のなかを一睡の山の端明かる降臨やある

土壁に阿蘇の赤牛・仔牛みえ日干の草をしきりに食ぶる

トルファンの葡萄ひと粒口中に噛めば滴ることばは泉

大観峰

くれなゐのこころざし立つ新年の大観峰に家族（うから）と迎ふ

草原を駈け来し風よいつの日か大観峰にことば磨かむ

病得し君と見たりし雲海の上に横たふ晩夏の涅槃

家族らと新年祝ふ大観峰向かふ涅槃の穏やかにして

残雪のくぼ処を見つつ若きらと腕組みてゆく草莽の道

七草を求めて歩くわが前に春の鼬が小走りにゆく

くれなゐの帯

風に吊る花柄浴衣　乙女子よかがやく夏は短く過ぎる

ものいはぬ墓石ふきゐる早朝を法師蟬鳴く胸中に泣く

人気なき村の公園ブランコに吊荷のごとく揺れゐる夕べ

落日のくれなゐの帯一身に巻きて凡婦は坂くだりゆく

天心に朱月はありて椿の葉夜目にま白く発光しをり

大いなる雲の柱が遠山のま上に白し秋立つらしも

飛ばむとも跳ねるともなく秋空に銀杏百本の朝のしづもり

野の駅

昭和史の不穏なる時父の手がわが名描きたる出生届

大いなる暈をかけたる夜の虹　月中朱き兎よ跳ねれ

野の駅のかいだん降りて永塩の寒風に佇て心が叫ぶ

逆鱗の緋もみぢの下幽香の風と遊べりまなこを閉ぢて

苻袋に顔を出したる向日葵の黒き種の子も連れて帰らな

大戦の欠落あれど一人の鍋を磨きてことなき日暮れ

坂

天空に近づく人ら陸橋をのぼりながらにケイタイを打つ

ふるさとの山が見えくる坂の上オーイと呼べば心あふるる

風吹けばいかなる響き奏でるか鈴生り重き晩秋の柿

木瓜の実の落ちてせんなき土の上魂の象（かたち）ここらあたりか

夕映えに夫が近づく含羞のまなこ互みにそらしゆく坂

水の旅

沈黙の闇の支配にいつしらず浄衣ひそかに脱ぎたる冬木

逢ひに来し川もひたすらよろこびの波の秀たててわれに応ふる

隠り居の川船一隻笹竹の間のどかに水の旅する

薊野の消え失せたりしかなしみを語ることなく川は流るる

魂を摑むごとくに水際の丸石ひとつ拾ひて離る

大いなる鳥のごとくに翼垂れゆくは何人われもつづかむ

夕焼の色の紅茶を飲んでゐるリバーサイドに生るる感情

母の岬

水溜り飛越えてゆく倖せを海辺の町の片隈に持つ

死者生者飢うるといへば立春を灰(あく)を流して花豆を煮る

錨とて十字に錆びて地に乾く魚臭さびしき朝の町ゆく

きららなす海を見てゐしありし日の母の岬に春陽は射して

ふるさとは越冬鷗胸ふくれ棚無し舟に揺れてのどけし

残照は干潟に燃えてわらわらと廃船一艘灼きつくしたり

音もなき夜の河口が亡き母の窓の結露にやさしく潤む

金婚

あかあかと阿蘇の大地の夕闇に神の裳裾の野火が展がる

つぶしたる茱萸の熟れ実に血が滲む指に見放けてぐみ忘れゆく

見透せぬ未来といふか火の国の辛子蓮根なのめに切れど

エプロンの薔薇の絵柄も今は着るまぶしく過ぎる妻なりし日々

おほいなる夢の違へに金婚はひとりやさしく仏具を拭ふ

真綿いろの霧の夕べをわが街に夫空白の金婚祝ふ

ポケットに桜ん坊一ぱい詰め込みて夢を分かちて野鳥と食はむ

桜より桜を繋ぐ一山の首石トンネル　この世過ぎゆく

想——三月十一日前後

海の色青く筋立つきびなごの観音開き風に光りて

春の修羅　緋の落ち椿とき経れば馬糞（うまくそ）のごと乾く坂みち

白秋と同じ月日に生まれたよそれが何だよ何でもないよ

九十になりたる人がふともらすこのまま病めば若死となる

魚の兜（かぶと）天上を指す寿司店に紋甲烏賊（もんがふいか）のみ食ふ男あり

畦みちの菜の花づたひ帰りくるひかりまみれのをさな児ふたり

オリーブのコートの裏の豹柄が時に主張す震災前後

細胞の震へる如き想のはて黒きリボンを髪に付けゆく

蒼茫の湖(うみ)より生るる桜ばな骨の白さの幻花ならずや

潮に浸きしさくら満開の北国よ百年孤独とことばにいだせ

魂消(たまげ)たる花火のあとの余韻もて生きてゆくべし明日があれば

レマン湖の白夜思はす庭に佇ち水のごとくにさくらが匂ふ

日もすがら風に流るる花びらの空をあふれて母の名　靜乃

歳月は母の掌に似し骨太の指にて摑むこの桜餅

ぶだう色に眼も潤む日ぐれどき米洗ひをり一合の米を

旅の終りは

子規の倍生き来きてなほも生きんとすわれの曠野に桔梗ふくらむ

乗り継ぎの東京海原帆をたたみ人は流るる出口に向かひ

東京はきのふパリ祭コントラバス引き摺りてゆく男はをらず

青空のいづこの端か抒情して蟬声はこぼるる都市公園に

噴き立たぬ水の精霊東京の大噴水の前に黙せり

夕映えの底とぶ白蝶・黒蜻蛉　幻ならぬ時を眺めむ

哀愁の旅の終りは子を産みし暮色に還るよへほ　よへほと

蛍

生も死もひと世のことに芹匂ふ水の惑星に蛍とぶなり

あこがれてのばす腕の空をつき源氏蛍のかがやきに逢ふ

祭り

闇に浮く金灯籠(かなとうろう)の千の火が風の盆地に神さび揺るる

肥の国を火の国と呼び祭りある場所に棲み古る夫より長く

蟬声に送られ草木に見送られ己が火抱きて祭りに来ませ

ほの青き朝顔震ふ雨の窓　ざんばら髪も束ねて待たう

盈月の暈をかけたる空の下祭りも来ない娘待ちをり

積雲のなかより沓かバスが来る山鹿盆地は坂多き街

さわさわと朝の茗荷を刻みをり指の先よりとうろう祭り

「古事記傳」――灯の川

生者・死者よへほ！　酔へほ！　と灯の川が闇に浄化す灯籠祭り

風ふふむ長秋・京（みさと）の「古事記傳」44巻書写の美麗さ

「若葉よりにほひことなる」との宣長の詠みし肥州は山鹿の京(みさと)

遠き世に自我に目覚めて出奔し長門・二見浦に生涯を終ふ

一閃の光芒にしてかけぬけし京(みさと)を探し魚村を歩む

過去帳を探して二人往きたりし眼下に光る青き響灘

文化十四年六月廿二日芸蘭院岡芳徳京信女二見浦ロサイ妻行年廿七歳俗名京

ハイとうろう！　ハイとうろう！　の掛け声に凪に露店の烏賊串匂ふ

古代米緋色（ひいろ）ふかめる畦みちを秋光に来る過去世のものら

風の森

観音岳吹きおろしくる風の道嫁入唄は男がうたふ

三輪山の歌を背後にかがやきしかの日の正子さん六十九歳

かぐはしき記憶の底に相食みし幸綱さんの東京の菓子

毛糸帽小粋にかぶり築地さん送りてくれし菜切川澄む

一滴の目薬さして見えてくる何があるのか秋のひかりに

砂いろの貫頭衣着し空の身のてのひら乾く稲穂田の道

見覚えの木の門なるが秋萌ゆる木の葉・土塊歳月のまま

篁の風が通へる廃屋に裸電球一つ吹かるる

毀ちたる廃屋のなか抒情もて青きトランクケースが二つ

森もはや伐採さるる運命ときけば石蕗・八手愛しい

滅びゆくものの荘厳味はへよ天の青桐風に騒立つ

哀しみも象（かたち）なしくるかげろふの大甕の底ふくよかにして

風吹けば風の森より復活のどんぐりの木の木槌が重し

野鳩鳴く森の調べにこの冬は七星天道虫（てんたう）いづこに生くる

さりとても捕へえぬ魂たそがれを揺らぐ卵黄器に潰す

緋の村

百年の孤独の酒をいまも置きひとり暮らすも十年を過ぐ

水洌(きよ)き街の奥処の番所とふ彼岸花たつ緋の村をゆく

石垣を積みて日暮らす村里に火炎地獄の彼岸花咲く

草の蔓天より垂るる渓谷に千年ひそむ魚のごとをり

人間とふ不可思議なるが棚田より三脚肩にひたひたとくる

渓谷に山女を食ひて足りてゐる夫亡きあとの生きの一日を

瑞穂の国に

宙に浮く橋のま下の菊池川水は流離のすそ広げゆく

一行詩口に出(いだ)して秋の日を靴音かそか死に近づけり

菜切川渡らむとして杳き日の築地正子が帽子を振れり

俯瞰する稲田くの字に赤あかと神の一筆描(が)きの曼珠沙華

稲匂ふ瑞穂の国につつしみて畦ゆくときは豊かなりけり

一朶の香

蠟梅の一朶の香を濡らしつつ牡丹雪降る天の荒びに

「もうよかたい」母のひとことといつの日かけぢめとなりて生き来しものを

父似とて父を知らねば一枚の戦闘帽の写真は大事

線が見え波が生まるる遠き日のゴム跳び縄跳び昭和のあそび

はらら子を入れて作りし恵方巻北北西に向かふ愚かさ

思ひきり捨てよ捨てよと捨てたれば裁縫箱がどこにも見えぬ

熱き命なき人に向き弔辞よむ時秘めやかに春くるものを

春の港

紅梅の花に来たりてふるさとの大夕焼を啄む鳥が

泥濘の溜りの水も茜して含羞しづけき夕暮刻は

火の柱海面にたててひたひたと普賢岳上　落日は乗る

黒々と有明海が生みつづく春の海苔なりあかねの波に

霜枯れの白菜丸く並ぶ畑風に和讃のきこえて来ぬか

鷗鳴く声の吹雪ける母の家の窓を開ければあけぼのの海

潮泡の白きをたててのり船が次々帰る春の港に

天の白花

短世の天の白花散り急ぐ千々の乱れに蕗子は居らず

里芋の煮〆を食めば胃の腑とて春満ち足りし表情するか

手を添へて波の流転のさくら花花の筏にのりし者なし

現世の春を謳歌す人間の踊りせんとや唄ひせんとや

夕映えの村のバス停に待ちをれば芽吹きはじめの風が流るる

明日香路

蝶一頭電車に入りて吉野行き二輌目は白き時のささめき

娘との雨の明日香の花菖蒲　池のほとりにこころは遊ぶ

くれなゐもうすむらさきも万葉の名も知らぬ花見過ごす旅は

息切らし甘樫の丘へのぼり来て左の膝が笑ひはじめたり

名にしおふ畝傍(うねび)山・耳成(みみなし)山雨霧らふなかに久遠の象(かたち)とどむる

水澄みし千年の池いまもなほ森が囲みて明日香と呼べり

観音の指

このところ染井吉野の大木が切れ切れに落すみづからの枝

捨ておかれし蕗の一株九品寺をわが裏庭に増えつづくなり

牢獄のなかの美しき花嫁と詠みて逢はざる蕗子伝説

今はただ泣くことさへもはばかる霞のごとき師の手を握る

「もう一度元気になつて」と呼びかけて見てしまひたるムンクの叫び

生きて負ふ秘めごともあれ運命は菜種雨降る橋わたりゆく

さくら色の唐草模様の柩には愛憎もなく釘打たれたり

天降りし来し夢に蕗子はみどり児を抱き小路に入りてゆくなり

心磨ぐ安永蕗子の生域にゐし歳月の恩寵も知る

誰がために手摘みしならず一束の蓮華の花は天の野におけ

観音の裳裾にあらぬスカートで歩きまはりし明日香路・奈良路

敦煌の美しきは仏といふ人よ奈良は観音の花びらの指

若草の茶粥を食みし奈良ホテルこの先千年生きるか知れず

吹く風は宇宙の吐息ふかぶかと吸ひて何ものに抱かれてをり

夏告ぐる御影堂の前庭に琼花(けいか)の白き燈明(ひ)りが咲く

約束

観音の指の優美を夢として喜寿に逢はむと約束したり

生(あ)れたての蟷螂小さく祈りをり額あぢさゐの青の器に

天空のみかん畑のなかをゆく眼下に光る有明の海

鷺一羽冠毛風になびかせて朝の干潟をわたりてゐるも

脚力の弱りたる身は水無月のレインコートの中に汗ばむ

いくつもの乾く褐色の枝が伸ぶ葡萄棚には死者が来てゐる

夫が為建てし墓なりさしあたり御邪魔するまで花奉る

黒揚羽

菖蒲咲く花のほとりや　塩漬けの御首(みしるし)なるも運ばれし夏至

泥濘に踏み入れたりし夏の靴みどりの橐吾(つは)の広葉でぬぐふ

白銀(しろがね)の雲立ちあがる雨あとの不動の山はみどり露けし

山法師、欅、柊、うめ、さくら　木花に囲まれ一世を過ごす

葉肉厚きアロエ二鉢軒下に無傷のままに夏過ごしゐる

鬼百合のうつむく午後の盂蘭盆会　国旗は風に時折笑ふ

黒揚羽海界越えて南島の父の虚無まで翔びてくれぬか

海流

天空の花か地の花か曠劫と蜜柑の花の匂ふふるさと

生前葬したる友らはいまは亡しひとり降りたり塩屋の港

さびしさの原初のごとく師と見たる塩屋漁港に鷗翔ぶなり

春寒の風に裂けたる白旗の寂寥のこゑ船首にやまず

五位鷺の羽ばたき船を移りゐる時を乱すといふにもあらず

船上に漁網ひらきてきらめけり昭和を男はたぐり寄せたり

母と子の戦後の飢ゑを満たしたる海・海流にひらく蟹の脚

海流に流さるる吾救ひしは散華の父の霊とし思へ

綿帽子かぶる花嫁若き日よふるさと出でゆく白き道遥か

望郷を謳ふか夕べ満ち潮に方位変へつつ木舟が揺るる

たぐり寄せたる時のまま海岸に春潮含む綱の襤褸が

ふり向けば海彼に昏るる島原かみづがね色に水平線炎ゆ

海光る簡易郵便局に寄りこの世かの世の切手を買へり

亀石の側道橋を渡りゐて空ゆく鳥の跡かたもなし

紫の杭に啼きゐる嗄れ声の命明るし白鷗の空

Y市の広場

風撓む萩すりぬけてうら若き坂上郎女魚買ひにゆく

運命に流されゆくも女人とて残暑見舞のハガキが届く

ふるさとの蟬声恋ふる子は遠し夕べ一樹に蜩が鳴く

噴水に慈母観音のたちあがる吉兆としてY市の広場

墨塗りの白壁なるも実在の道路鏡のなか熱き日本

日傘さし飛んでいきそな愁天にみどりの橋をゆらゆら渡る

空蟬のすがる木の枝ももろともに墓前に据ゑてこの世晴天

湖（うみ）に向かへば

子を産みし晩夏の夏は遠くして襁褓の白さに雲が浮かぶよ

水冽（きよ）く棚田は青く群生の稲の花咲く過去世にあらず

蒲の穂の朱きを夏の名残とし湖(うみ)に向かへば赤裸裸の生

太陽光あまた集めて煌煌(きらきら)と湖の花火の風に移れり

枯渇せし桜倒木水漬きをり看取りしものはペンペン草か

幾重にも波の輪展くみづうみに鳰どり三羽ふとも貌出す

生きのびて

生きのびて「水に浮かべるオフェリア」の憐れの表情誰が為にする

月明に幽かに光る屋根瓦　江戸期のさくら湯蘇り建つ

窓開けて夜の樹木の間に見ゆ漁火のごとき隣家の灯（あかり）

誇り高くひまはりは咲く原発はいまだ終りを告げない国に

からんころん　昭和を歩む下駄の音　父と娘の時間があつた

母港

ふるさとは風説のごと発ちてゆき愁ひを曳きて帰れる母港

産み月の宇宙を抱く教師吾子　脚ふんばりて大綱引けり

星辰のひかりを見むと外(と)には出で天地無明の闇のひろがり

満ち潮の河口をのぼる塵あくた時に花のごと水面に開く

波がしら寄せては返す極月の崖つぷちとふさびしさ愛す

新しき年

新しき年の此岸を駈ける子ら戦争などに逝くことなかれ

邂逅の白き道あり一山と遊び過ごせし少女期ありし

清らかに蜜柑実ればふるさとに仄ぼのとゐるわれと思へや

松ぽつくり落ちて人世を深くする海辺の百の松ぽつくりよ

宇土半島海上に顕ちし蜃気楼まみにをさめて人には云はず

わが脚は歩むを拒むとはいへどだましすかして夕焼に逢ふ

的皪と夜空に光る星の数わが目に見えぬものも光れり

白足袋

夕茜燃え立ちさうなコート着て生きの白足袋締りてあゆむ

感情線撓みてのぼるてのひらに呟きこぼすひとりの生は

如月の厨に立ちてたんたんと牛蒡一本削ぎ落したり

如月の椅子引き寄せて朱あかと木瓜の蕾のマグマ見てをり

粛々と麦の芽吹ける青畑に霧動かして如月の雨

蕗子のことば

「魂込めのにぎり飯食べいでてゆく」愉楽さびしき蕗子のことば

うす紅の梅の枝垂れの豊饒が腰曲げて咲くこの世の春は

畳まれし校旗が市長に渡さるる閉校記念日百年の響

街中の大動脈の菊池川今朝はばら色の靄につつまる

十三回忌

青空はからす瓜らの死臭なき乾きを吊りてゆるぎもあらず

鍵ひとつ家内に閉ぢ込め詮もなし染井吉野の花影にをり

花びらを踏みて子孫が帰りくる十三回忌の春の訪問者

遥かなる夫の十三回忌終へ吾が魂鎮めのさくらが吹雪く

花びらのほのかくれなゐ踏みてくるさくらとふ名の母もあるべし

花蕊を赤く散らしてバス停に枝を拡ぐる桜の時間

山吹の花　射干の根株をかかへ持ち黄砂おぼろの底より歩む

日に五枚蓬の新芽食へといふ春の原野にともに来たれば

歌の原郷

むらさきの葡萄の歌の原郷の塩屋港に鷗とぶなり

銀めしの思ひは遠く黄昏を玄米二合の電源入るる

草萌ゆる露地裏あゆむ雨のなか水湛へたる柿の葉の椀

モネの描きしジベルニーの池に似てわが水郷に緑陰深し

黄あやめの限れる湖岸（うみ）　眩暈は波光（かげ）立ちくる方より生るる

たまきはる命を搬ぶ救急車ピーポー・ピーポー橋渡りゆく

光源として

房実(な)りの枇杷の悲泣の気配して雨に軋みし裏窓開く

骨のごと白き玉葱刻みゐるこの水無月の朝も忘れむ

脳漿に膨るる藍のあぢさゐを光源として今朝の扉(と)開く

轢かれたる山桃朱き甃(いしみち)に迦陵頻伽のまなこ見ひらく

鹿本平野の白き光のなかをゆく世にいくたびの麦秋に遇ふ

野萱草灯れる家に住み果てむ不穏も時に生きる力か

八月の蟹

白桃にうす刃を入るる時の間を薄明にして熊蟬のこゑ

たつぷりと味噌をつめたる八月の蟹せせり喰ふ姉と妹

海山の風の出会ひに熟したる郷（さと）の葡萄を食めば滴る

三センチ短くなつたよわが背丈　首を伸ばせば限りなき空

盂蘭盆会　ブーゲンビル島の父が魂一瞬にしてわが裡に来よ

記憶さへ風化辿るかラバウルの風に消えたる黒きスカーフ

八月の遠き一本の畦をくる帰還兵なるか夕光を負ふ

茫々と友の死聴きて帰り来し夕べ絶唱の蜩に泣く

白鷗の岸

逃亡の思ひ切なき若き日のみかん山見れば安堵す今は

古傷の肋骨風に笑ふゆゑいつか来てゐる白鷗の岸

自転車の男が秋の堤防に片足かけてしばらく休む

いくたびの変幻のはて夕つ日が普賢の嶺を割りつつ沈む

高潔の命繋ぎし白鷺が満ちくる潮(うしほ)にしづかに歩む

Ⅱ

パリに抒情す

天凜の雪被（かがふ）りて横たはるアレクサンドル三世橋が

永遠の大河を前に雪炎を抱き合ひつつパリに抒情す

ふたたびの裏街通り映像はノートルダムを背後に入れて

光と影踏みたるわれら異邦人モンマルトルの追憶の坂

橋わたる木の感覚も忘れねば靴底に秘む黄昏のパリ

藍いろの夕ぐれ湿る石畳　肩寄せ合ひて人は別るる

月光の青き雫に響き合ひ流離の鴨が水面を動く

愛の片（かけら）　探して歩く煌めきのリュクサンブルグの花の公園

逃れたる時の網目に捕へられ青く息づく蝶の幻

わが生のいづこあたりか色褪せず薔薇窓君と視しことさへも

君が描く仏蘭西（フランス）の野の雛罌粟（コクリコ）がルイ王朝の火焔とならむ

ひとつ根に蓮の浮き葉のひかりゐるジベルニーの緑陰の池

戯れの言葉交はして過ごしたるキャフェテラスこそパリの文化

できるなら更紗の着物着て汝とシェーヌ河畔を生きて歩くも

天空のエッフェル塔に雲流れ　鉄の骨格夕映えに反る

薔薇窓

魚捌き菜を切りきざむ俎に女(め)の時とよぶ木目が匂ふ

如月の大聖堂の薔薇窓のシャルトルブルー忘れねば巴里(パリ)

わが生の根となる街に住み経りて寒か温かと紅葉に酔ふ

お取越僧侶が告ぐるインターフォンに命透きたる鳥のこゑする

花見坂エミ子美容室廃業し奥の時空に新聞積まる

歩けない　歩かないあの世の窓の開くごとき日よ

無となるまでの

久津晃氏を偲ぶ会終へ帰り来し寒夜の空に新星光る

「天草の石にて小さき地蔵彫る」電話の声に鑿（のみ）の音する

庭石のかたへ貝殻並べ置く十年先の今朝の具象に

魂の在り処のごとき白日が湖（うみ）のもなかに煌きを増す

水底に樹皮抜け落ちし倒木の無となるまでの白の物体

一束のクレソン摘むに水清く春の息吹の白根もつきて

枯れ葦の花穂が揺るる風の道　上着一枚脱ぎて歩めり

海老蔵が来た

玄関に日付と馬の置物を据ゑて差し引く歳月ぞ美(よ)し

五十年前に棲みたる草屋にわが含羞の声も軋むか

くれなゐの落花椿を踏む日暮れ花の褥に沈みてゆかむ

しら骨の芒が原を大いなる柩といはば累累と蝶

傾斜する坂を連なる白ちやうちん　春の八千代座海老蔵が来た

月輪（ぐわちりん）の石門入れば裸木の天眼すずしき銀杏大樹

花影

伐られたる大白蓮の下枝に小鳥のごとく白花並ぶ

桜花…庭の一枝壺に挿し君の今際の泪に遇へり

小中英之は合歓の花影・わが夫は桜花影魂遊びせむ

桜木に鶯は鳴き僧に従(つ)き祥月命日のお経唱へる

山容は嶺のみ見えて四方山の消えゆく頃を雨こぼれくる

にはたづみ花びら流れ生きにくき時代といふをひとりしわたる

黒木の藤

鶏鍋の湯気だつかたへ朝光に滞りなくリンパ流れよ

渦なして砂糖壺にて夢見ゐる孤独の守宮流しに放つ

県北を山深く越えぬばたまの黒木の町の藤見の過客

ながながとむらさき花房風に揺れ黒木の大藤現(うつつ)に匂ふ

藤叢(むら)の中へなかへとはひるゆゑ蜜蜂も吾も眠くなりたり

花房の揺るるせつなにこぼしゆく風の花殻わが膝の上

藍に染まりて

褐色の巣蜂の弾玉空をきりふはり定まる山吹の花

人の足よぎれるごとく大根を軒端に吊りて黙深く生く

あぢさゐの満開の海夏色にこころも身をも藍に染まりて

合掌し合流しゆく草莽の川が命のひかりを放つ

降りゆく視線の果の茜雲　死は削ぎ落す母国語さへも

人も魚も眠れる頃か天心の朱の半月闇深くする

母・祖母の乳房の記憶うすれつつふたり子抱きし感覚残る

命に華ある

天地の冥きしづけさ七夕の夜を啼き透る初蟬のこゑ

秘めやかに重き木づつよ　永塩の築地正子の森の香のする

崑崙にのぼりしことも霧の奥　熱き命に華ある頃を

枇杷の実が皿にすずしく口すぼめわれにつぶやく窓を開けよと

白い雨降れば〝蛇ぬけ〟の起るとふ弱者の背後魔の土石流

荒野より雨後のポストに出しにゆく墨のにじみしハガキ一枚

湯上がりのざんばら髪で夕辻を歩めば何ぞ幽気従（つ）きくる

庭の樹の空へ空へと伸びるゆゑ萩も桔梗も枝垂れはじむる

縄文の闇

灯を消せばひとりの砦縄文の闇の時間の身には流れて

縄文の闇より生れし夏蛍終戦の日のいささかの詩(うた)

さくら湯の暖簾を風が押してゐるこの日常を百年つづけ

父の死の戦乱戦後生き継ぎて夾竹桃の淡紅が咲く

掌の甲に咲きし打ち身の黒薊笑へぬ老いの後半に入る

夏空の青きがなかに吸ひ込まれ雲雀は揚がる哀しきまでに

水張田に降りゆく鷺の展げたる想像の翼うすく汚れて

走り根踏みて

山すそにともし火白くつく頃は百済観音の指も動くや

走り根を踏みて灯籠見にゆけり民話のなかの村人となり

大宮の神社境内一灯の風に揺られて闇深くする

縄文の闇より生れし一軀にて歩行するには五kg落せと

膝関節鏡手術を決めしより庭の虫の音日に日に激し

みづみづと白芙蓉一輪息づけば風も窓辺の我もささめく

にほやかに空にたちゐる夕月に秘めごとめきし言葉を返す

帰りゆく

鷗鳴く海辺の町に帰りゆく離郷者といふ負目をもちて

桜落葉はげしきなかにいつしらずあの蟬声は汐曳くごとし

ほろほろとことばはじめのみどり児も教師になりしと小さく告げたり

後(のち)の十三夜

芒穂の渺茫として銀に映ゆ河原を辿る風のまなざし

しみじみと憶良も見しか外(と)には出て栗供へたり後(のち)の十三夜

吾亦紅・風船かづら・藤袴・鄙の野菊の風の庭あり

てのひらに山紫陽花の透けし萼(がく)のせてくれたる女人のこころ

水草のみどり生ふ沼ぷつぷつと泣くか語るか聚落歩む

秋の日を町のはづれの湯の蔵の柱にもたれ無とはなり得ず

使ひ切るひとつみどりのボールペン明日といふ字を書きつつ終る

風の置人

もの書きて夜の炬燵に愁ふればわれはこの世の風の置人

年の瀬の水仙匂ひ新しく生きの方途を約束したり

あかあかと元気印の落日が裸木の彼方へ点となりゆく

葉を落ししづけき庭に香気たつ古蠟梅に微笑を返す

新年の詠ひはじめの一人居に夫の人世のガウン着てゐる

元日の墓処の草丘さわさわと手をさしのべる女孫ふたりが

夜々の靄・霧・霞・風を味方にし命明るむ虹に会ひたし

思ひなき野鳩の番降りて来て木の実くれなゐ啄みてゐる

緑陰の魚

緑陰の魚ならずして日差し入るプールの水に首まで濡るる

鬼やらひの豆も潤ふころほひか月光菩薩雲海わたる

寒月の白き光の方射なり柘植の木透かし命に届く

仰臥する死の肉体の硬直は股（もも）より兆すと予感す何故か

風媒花羽根やはらかに冬枯の落葉の上にひかりてゐるも

ビニールの袋はみ出す青首の大根さげて原野を帰る

朝霧の晴れゆく巷草萌えのよもぎ動物病院の在り

青々と春来にけらし食卓に一つ目さんの芹の胡麻和へ

戦後七十年

知れば伝へ知らねば学ばむあしびきの大和に戦後七十年在り

敦煌にもとめしモスクの絨毯の小さきを踏むもわが日常に

進み易き時計の針の誤差のごと生き急ぎゐる鈍重にして

米二合ふとも背後で春愁のこゑを発する炊飯器より

小走りに肘笠雨に濡れし日もあり南国に綿雪が降る

手力はいまだ保つと大いなる白菜ひとつの重さ抱けり

金柑を採ることもなく見過ごして鳥も私も長閑に春は

泥の川

氾濫を鎮めながらに泥の川果なき海へと辿る旅する

つばめ飛ぶ雨後の泥川嵩増して母なる海へ音もなく入る

味噌甕を防空壕へ持ち来たる祖母と過ごせし戦中戦後

水無月の短歌の余韻さめぬまま風説のごと海町を去る

老ひとり田底の泥を掻きてをり荒地野菊の花咲くほとり

四照花(やまぼうし)　粋(いき)をさらして咲くからに庭の片隅なぜか気になる

遠花火

八月は水欲しき夏マンションの給水塔を蟬が過ぎれり

いたづらに過ぎしにあらぬ歳月の淵を彩どる十二単がひとへ

迷ひなく硯の海に落したる夢の水あり一滴・二滴

素振りする少年のバット空を切る黄（くわう）の落暉を背後に入れて

弾け咲く遠花火　こよひ終戦日黒き葡萄をみづみづと喰む

巣ごもりの野鳩いくたび育てたる松は泪もあらず剪らるる

病みがちな築山の松青白き切口見せて運ばれてゆく

思ひ出に剪るにはあらず庭の松　一本・二本、三本の松

百日紅

絞るごと波打つごとく動物の呻くごと台風が大樹を倒す

倒木の死屍のあはれさ一夜して房の蕾が花咲かせをり

娶らざる庭師が運ぶ身の丈の百日紅の愛し花嫁

いつの日か無となりてゆくわれのため薄羽透かして蟬が啼き出す

倒れたる百日紅の大木の枝にふれゆくひよどり一羽

昼月の白きが下の高枝に榠樝(くわりん)の五個が寄りそひてあり

木に立ちて木となりてゐる西空の庭師の鋏夕映えを切る

在りし日の夫の形見のニッサン・サニー台風のあと青苔は生ゆ

波の韻律

つる薔薇の翳が障子に揺れ出すを旋律として朝を目覚むる

母の衣を羽織り窓辺になごむ日の海面のかもめ母子の白さ

いざなふごと光る入江にはひりくる漁船のたてる波の韻律

鮮あざと石が吐きゐる白光の朝陽炎が雑草のなか

思ひ出の桜並木の影をつれ象（かたち）なきものと川塘歩む

枝移る鳥の一羽のすずろなる声に咲き出す銀木犀が

リハビリに遠山見える秋の日をギーコー・ギーコーと骨は鳴りつつ

秋灯

馬の背の脊梁を日のいでてくる大草原のかがやく夜明け

神官が心臓大のこみどりの夢の果実を見せる神無月

厨房の蛍光灯がまばたきし丑三つ刻に耿々と照る

秋灯の廊のまなかに蟋蟀はもはや動かぬ夜の来訪者

灯の下の鏡の奥にゐるわれの郷愁白き貌よ笑へよ

老年といふには大樹に失礼か梅も桜もいまだ花どき

歯を磨く肩甲骨に触れてくる夫らしき人かの世も秋か

築山の上に首出すつはぶきの黄の花高く庭のにぎはひ

Ⅲ

霧のチブサン

連嶺の蒼きを見つつ帰りゆく秋灯いまだし鍋底の街

神域に市の花木犀散り敷きて金の烙印夕映えに押す

五十年山鹿住みなり神秘なる古墳に向かふ運命のごと

いくたびも夫と来たりし双子塚　草の無門の原型とどむ

ひとり棲み十三年も過ぎたれば霧も霞も身に添ひてくる

猿坂をのぼり一の谷・二の谷と折り返しなき天道遥か

椎の実にどんぐりこもごも踏みてゆくこの先霧の獣道あり

菊池川流域にして美しきふたつ乳房の紋様古墳

杖つきて這ひつくばりて逢へたるは霧のチブサンの神力なるか

切り株の黒き年輪に腰下ろす千年が過ぎ千年が来る

赤とんぼふともこの身に止るゆゑ草ともなりて荒涼と立つ

青草のチブサン古墳の鴟尾に仏陀の声のきこえて来ぬか

彩つきし柿の葉一枚拾ひたりわが幻影のまほろばの里

シェーヌ河のほとりのやうなキャフェテラス坂街に欲し夢や語るに

皓皓と十三夜月天海よりチブサン古墳照らすか今宵

縄文の風

内臓の暗き入口　寂寞の口紅差して一人の旅

縄文の風が吹きくるキャフェテラス　コーヒーカップに波紋はたちて

花粉症の猫を抱いてた娘なり　わづかな帰郷も母は嬉しき

新幹線・電車通らぬわが里に馬・舟描く古墳群あり

青き光なのめに入りて今上に誰が来たのか茅葺の門

朝霧は人も畑も消し去りて一軒先に杭の音する

水平に浮遊してゐる秋あきつ阿蘇の噴塵荒涼と乗せ

秋霊のさびしき街の八千代座に海老蔵が来た玉三郎が来る

再生

一度きりの老年に巡り逢ひたしそれも歩ける人間として

秋づきて膝内視鏡手術せんと決めし時空に白薔薇(さうび)反る

乙女子の半月板は白蓮色われに現実と空想の花

クレーンの手垂直に伸び大空を触るる刹那に秋霧に消ゆる

脊椎に麻酔注射を受けしより笑つちやいますね身も世も茫々

とつ国の皇帝殿下と結婚し産めぬと悩み夢より覚めし

三枚のレッドカードを示されてオペは終れり医師の手見えず

りり・りりりと鳥の声する秋光に身は再生の思ひ溢るる

老いの翳　死の香（かをり）など打ち消してひたすら励む午後の筋トレ

茜雲上空おほひまなあたり流亡の日の白壁に燃ゆ

北窓に雲は入り来て台風の余波なる風の死の貌見えず

柔らかな白詰草の花の間を歩きて異郷の夕風に会ふ

夕映えに蘇鉄の大葉が全身で揺れゐる方を生動として

残り世は恃めなけれどリハビリに動かしたる脚揃へてねむる

搬入を明日にひかへて退院し愁雪展の額を揃ふる

天涯の駅

青白き夕空かぎる電線の線路の果ての天涯の駅

運命を決めし手紙の一束(つか)が箪笥の底に今も息づく

次の世を「希望」とふ文字授けたる僧侶と桜の夫の命日

梁太き農家の座敷に棚かけて晩晩秋蚕飼ひし舅姑(ちちはは)

さわさわと春蚕(はるご)が桑の葉喰む音をききし夜のあり襖へだてて

桑の実の濃きむらさきに口汚し山かけあがりし昭和の子供

垂れさがる幽鬼のごとき青藤にこころゆられて林道走る

春の雲動く天空桑園に植樹の桑の淡淡と盛る

開拓の人ら拓(ひら)きし西岳なり夢をつなぎて桑の葉太れ

赤土の無菌が育む幼木の桑の新芽に淡黄の花

願はくば生きてるうちに薊色の山鹿シルクの軽羅まとはむ

雑木々の上にいでたる天日の白む時間を山頂にをり

三日月と金星の位置並びたり　かく煌きし山形の夜も

流星や　父の軍服の一写真　寡黙に語る戦争は悪

喪ひし時の原郷とりもどす天空桑園この空尽きず

あとがき

作歌をはじめてから三十五年の年月が過ぎた時。
平成二十年、「椎の木」が解体し、安永蕗子先生との別れは突然にやって来ました。淋しさ、悲しさのなかにも、短歌への思いは、断念することはできず、思い悩んだ末、平成二十二年三月、尊敬する岡井隆先生編集発行の「未来」へ入会致しました。
ひたすら歌を詠む日々のなかで、六年の歳月は流れ、その間、老いは私のうちに確実に来ています。いまだ生あるうちにと、今年二月頃から歌集出版に取り組みました。
本集は、『漂鳥』、『秋霊』、『薊野』、『火の国』につづく、私の五番目の歌集です。平成二十二年三月から、平成二十八年二月迄の「未来」、現代短歌・南の会「梁」、総合誌に発表したものから四百六十九首を選びました。
一人棲む、熊本の山鹿市は、霧の深い盆地です。独特の文化に彩られた菊池川流域には全国的にも知られた装飾古墳を有する街です。

霧の深いある朝、何かに憑かれたように、古墳を見たいと思いました。それも、「チブサン古墳」を見たいと思いました。杖をつき、足をひきずり、這い蹲って、古墳の入口に、立ちあがった視野に、赤い乳房が二つ前方に見えました。一瞬、古代の風に捕えられ、身動きできない神秘の光に遇いました。遥か千五百年前の乳房の紋様が、私の一瞬の命に華やぎと安らぎを与えてくれました。

このたび、本集の題名を、「霧のチブサン」として、上梓できたことを心より嬉しく思っています。

「未来」の岡井隆先生を詩聖として、短歌を詠みつづけられる今に、感謝申し上げます。出版にあたりましては、角川「短歌」編集長石川一郎様、打田翼様には多くの示唆をいただきました事に厚くお礼申し上げます。装幀の南一夫様にも大変お世話になりました。

二〇一六（平成二十八）年七月二十五日　蟬声のなかで

富田豊子

著者略歴

富田豊子（とみた・とよこ）

1939年　熊本県生まれ
1974年　「椎の木」入会、安永蕗子に師事
1979年　現代短歌南の会「梁」に参加
1985年　「花粉症の猫」で第28回「短歌研究」新人賞候補
1986年　第8回県民文芸賞1席
1987年　歌集『漂鳥』（雁書館）
1996年　歌集『秋霊』（砂子屋書房）
2004年　歌集『薊野』（砂子屋書房）
2010年　「未来」入会
　　　　歌集『火の国』（ながらみ書房）

現　在　熊本県歌人協会理事・現代歌人協会会員

現住所　〒861-0531　熊本県山鹿市中674-2

角川平成歌人双書

歌集　霧（きり）のチブサン

2016（平成28）年9月25日　初版発行

著　者　富田豊子

発行者　宍戸健司

発　行　一般財団法人　角川文化振興財団
〒102-0071　東京都千代田区富士見1-12-15
電話03-5215-7821
http://www.kadokawa-zaidan.or.jp/

発　売　株式会社 KADOKAWA
〒102-8177　東京都千代田区富士見2-13-3
電話0570-002-301（カスタマーサポート・ナビダイヤル）
受付時間　9:00 ～ 17:00（土日 祝日 年末年始を除く）
http://www.kadokawa.co.jp/

印刷製本　中央精版印刷株式会社

 ISBN978-4-04-876408-7 C0092